JN274103

長編詩

血ん穴

古賀忠昭

◉弦書房

長編詩

血ん穴

いっちゃんぐちに

ここに柳川ん在る。んにゃ、ただ柳川ち言うたっちゃ、誰れも見向きもしてくれんやろ。そんなら、柳川・白秋ち並べてみる。すっと、とたんに、見知らんニンゲンが群れんなって、うごめきはじむる。どんぴしゃ、ここに「水の構図」ちいう、かっこんよか言葉もある。ばってん、柳川で生まれ、柳川で育ったおいは「水の構図」ちいうかわりに「見下しとる見下されとる構図」と言うてしまう。白秋の「水の構図」ん中に流れとる「水」が好かん、と言いかえたっちゃよか。「水」が澄みきりすぎとる。そりゃ「水」ば白秋自身のもんにするとはよか。ばってん、そんためにに柳川ん「水」にふくんどる「見下しとる見下されとる構図」

ば足げにすっとは許せん。白秋はおいが敵、んにゃそげんか半端なこつは言わんで、白秋は柳川の敵、「見下しとるもん」ち言うてみる。

白秋道路。ペッとおいは、そん道路にツルべばはく。そん道路ば白秋ん道路にしてもらっちゃ困っぞ、などと言うとると?やなか。そん道路ば通っていった「見下されとるもん」のにおいば、白秋の名によって、けんめいに消し去ろうちしとるもんのおるこつが「ペッ」ちツルべばはかすると。「見下されとるもん」のにおいは困る、白秋さんのにおいだけでよか……

「のぼすんな!」ち、思わずおいは、じゅうげばまわす。汗ば流しながらリヤカーに肥桶ばつんで、そりば引いていっとった「見下されとるもん」のにおいば、そげな、わがどんが考えとるごたる白秋によって、踏んにじられてたまるか! おいは、ますます、じゅうげばはる。んにゃ、白秋ちいう名が、おいがちょうまきば、ますます、左巻きにしていくとかもしれん。

柳川。

「白秋生家」と「白秋道路」と「水の構図」にすっぽりつつまれたキラキラしとる場所。「ここが白秋で有名な柳川です」そん場所に住んどるニンゲン達が輝かしかそん場所ば指さす、自まんげに。とたんに、おいがひてぐちに、あぶら汗のふき出してきはじむる。

何が、柳川か！

おいは、指さされた場所ば逆に指さし、「白秋で有名な柳川」と言うかわりに「見下しとるもん」の住んどる場所、ちいう言葉におきかゆる。柳川ば「見下しとる」「見下されとる」ちいう言葉におきかゆるなら、白秋のいうとった「堀割り」ばさかいに「見下しとる側」「見下されとる側」にわかるる。上の方が城内、下ん方がドン百姓の住んどる所。そして、そこから押しやらるるごつして、ロッキュん町と干拓地のある。

白秋ん生まれたとこは沖の端。沖の端ばヒトは「ロッキュん町」ちいうやろ、そりは、ちごうてはおらんかもしれん。ばってん、白秋ん生家は沖の端ではあったっちゃ、「ロッキュん町」沖の端ちいうちゃでけん。そりは、ロッキュちいうもんば知っとるもんなら、誰れでん「でけん、でけん」ち言うやろ。白秋ん生家は「見下しとる見下されとる」で言うなら、「見下しとるもん」の住むとこ、城内になる。おいは、こんこつば感情や、図式だけで言うとるとやなか。沖の端ばさるくと、そんこつは、すぐわかる。沖の端には白秋ちいうごたるもんは鼻糞んしこりもなか。そりぁ、白秋はロッキュのこつば、いくつか文章にしとる。ばってん、そっでっちゃ、沖の端には白秋んごたるもんはなか、ち言い切ったっちゃよか。ロッキュんこつば言葉になおすなら白秋の言葉がきれいすぎとる。遊びすぎとる。おちょくりすぎとる。

柳川ば白秋の方からばっかり見るこつは、柳川ん「見下されとるもん」の住んどる場所、干拓地で生まれ、育ったおいには、とてもじゃなかばってん、許せん。沖の端でロッキュとして生まれ育ったもんも、ちがわん、そげんやろ。おいは、白秋ん切りすてた柳川ん「見下されとるもん」の位置から、白秋にいどんでみる。白秋ば柳川から排除するとじゃのうして、白秋ば、おどん（見下されとるもん）がまみれんとでけんやった、柳川ん、土と水と潟にまみれさせてみる、そん時、白秋がどげんか顔ばするか？　それぐらいのこつは、白秋も許してくれるやろ、どげんじゃろか？

血ん穴◉目次

血ん家

　母ん股倉ん奥の血ん穴ばひきあけ、そん中に頭ば突っ込む。おいは、体ば口縄んごつくねらせ、そん穴ん中にはいっていく。血んごたる道の流れとる。そんわきに、くゆれかけとる麦から屋根ん家んあって、そん家ん軒下で老婆が地だまに何かば書いとる。「し」ちいう字に見ゆる。そん地だまん底から赤か汁のわいてきよる。そりばひとさし指になすりつけ、老婆はけんめいに書いとる。

しししし

しし

し
死

空が血んごつなって、どろどろおじってくる。老婆ん指がブツブツつぶやく。

「死ん前に、水子んぞうすいば喰おごたるねえ。嚙まんでスルッと腹ん中に入っていくごたっとば。そりばってん、漬物のごつしなびてしもうたもんに、そげなよか喰いもんばくるるもんはおらんけんねえ。ほんなこて、こげんなったら、もう、にっちもさっちもいかん。」

そん老婆が、うらめしかごたるふうに空ば見上ぐる。

一切諸世界　生者皆帰死
寿命雖無量　要心有終尽
夫盛必有衰　合会有別離

壮年不久停　盛色病所侵
命為死所呑　無有法常者

（訳）
ナンマイダブ　ナンマイダブ
ナンマイダブ　ナンマイダブ
ナンマイダブ　ナンマイダブ
ナンマイダブ　ナンマイダブ
ナンマイダブ　ナンマイダブ

おもたか空ん下ば、おりは犬のごつ這うていく。犬のごつ息ば殺して。榎ん下にニンゲンの蛆んごつ、たかっとる。そん上で首吊りばした娘ん首が、うどんのごつのびて、縄にまきついとる。

「こりゃ、おまい、気違い政んとこの五円きんの穴じゃなかかな。」

「着物が、いつもんとと違うごたるぞ。いつでんな、花柄ん着物ば着とるけんねえ。」

「よう、知っとらす。あんたも五円きんの穴に世話んなったくちじゃなかな」

「ほんなこて、むごたらしかごつ首の伸びとる」

「なんで首吊ったとやろか」

「あんたに、おぼえがあるとじゃなかね」

「なんちや、もう一回言うてみろ！」

「ホッ、腹かかすとこばみっと、こりゃあ……」

「こりゃあ、何かい」

　首吊りん娘ん下で泥んごたる男どんが、とっくみあいばしはじむる。蛆のごつ、ベトベトからみおうとる。首ん伸びた娘が、そん男どんの脳ミソに字ば書いていく。

「村ン皆サン、ホンナコテ、アリガトウゴザイマシタ。アンタン方ンオカゲデ、ウチ達一家ハドウニカクチバニゴシテ来ルコツガデケマシタ、気違イノ父ト気違イノ母ト気違イノ妹ガ生キテコレタツモ、ミンナ皆サン方ノオカゲデス。

一発ヤッテハ父ノタメ

二発ヤッテハ母ノタメ

三発ヤッテハ妹ノタメ

最後ノ一発ウチノタメ

一晩ニカッキリ四発、一発、メシ一膳ノ皆サン方、ホンナコテアリガトウゴザイマシタ」

首ん伸びた娘がペロリち舌ば出すと、男どんは暗か顔になって、どっかに消ゆる。四日前に死んだ、気違いの父親と母親と妹が、土ん底からはい出してきて、ひてぐちん前で手ばすりあわする。

「メシ、喰おごたるーッ！」

首ん伸びた娘が、また、ペロリち舌ば出す。おいは草ごろん中で笑いばかみころしとる。そいから、ゆっくりうなずく。

おもたか空ん下の草ごろん中で犬どんが、おたがいのもんばペロペロなめおうとる。泥んごたる欲情が、そりばじっとみつめとる。おいは草ごろん中ば犬のごつ這うていく。ヨシのしげった川淵で、泥んごたる女が腰までつかって、ブツブツつぶやいとる。

「流れてしまえ」

「おまいなんか流れてしまえ」

「おまいなんか、生きとってもつまらん」

「水子んなって流れてしまえ」

「流れてしまえ、流れてしまえ」

そん言葉ん下ば、腹ば上にした「死」が流れていく。

「あげんかふうに、腹ばつき出して、流れてしまえ」

「おい、こら、おまいはあげんかふうに、のんきに、ねたこつのあったか？」

そん前で脳ミソのなか子が、チンポば空に向けて、いっしょうけんめいもんどる。

「やめんか、こんバカタレが！」

母親が石のごたるゲンコツで頭ばくらすると、脳ミソんなか子は、肉のごつベットリ地だまにはいつくばる。

「バカん虫がちいたち思うとったら、さかりの虫までちいとったすな」

母親がツルべばはく。脳ミソんなか子は、チンポばもみながら土ん中に消ゆる。どこでんここでん死臭ん充満しとる。ごろごろ石ばっかりころがっとる。おいは石塊で傷ついた足ばひきずりながら、犬のごつ這うていく。ドド小屋ん中で死体同士がはなしばしとる。

「おいは死体じゃろか」

「さあ」

「おいは死体やっけん、話せるとやろか」

「さあ」

「おいは死ぬ前は生きとったとやろか」

「さあ」

「おいはほんなこつ、生きとりたかったとじゃなかろか」

「せからしか！」

ひとつん死体がもうひとつん死体にゲンコツばくらわすと、くらわされた死体は、ほんな死体になって土ん中に消ゆる。

「死体んくせして理屈ばっかりこねまわす」

地蔵ん前で、男が涙ばこぼしながら何かいうとる。

「おいは、あんたには男んもちもんは、ちゃんとあるち思うとったよ。

ここば娘どんが通るとき、前ばひろぐると恥かしがるけん、よだれかけで前ばかくしとるちばかり思うとったよ。それがあんた、めくってみてびっくり、あんたはツルッとした石ん肌じゃなかな」

男は泥んごたる涙ばどろどろ落とす。

「見れ！　おいも石ん肌！」

男は兵児ばひんぬいで首からよだれかけんごつ、たらす。男は石になり、野ん仏になる。

おいは気違いんごつなって這うでいく。おいは這うどるこつにやっと気ん付く。おいは走り出す。枯れた稲ん中ば、おいは犬んごつ走っていく。

むこん方から鍬ばかろた男が二人やってくる。

「おいが嫁ごは子供ば二度おろしとる」

「おいが嫁ごは子供ば三度おろしとる」

「忘れとったばってん、おいが嫁ごは三度やのうして、四度おろしとる」

「おいが嫁ごは……」

土ん中ば死体どんが、どろどろ流れていく。おいは、そりば押しわけ走っていく。

「あんた、町のもんじゃろ」

ひとつん死体が口ば開くと、もうひとつん死体が
「顔色ん悪かあ、あすこのもみすぎじゃなかね」

と、あいづちをうつ、

「気どっとるねえ」

「何のつもりで、気どっとらすとやろ」

「あんた百姓ね」

「百姓じゃなかろ、百姓はあげな青か顔はしとらん」

「青びき、青びき」

「青びきちはよかったね」

ケケケケケちいう死体どんの笑い声が、土ん中に消えていくとまた、そこにぬとぬとん穴んひらく。死臭んごたるもんがにおうとる。おいは母親ん股倉ばひきさくごつして、両手ん指でそん穴ばひきあけ、そん中にはいっていく

〈母ん股倉ん奥の
穴ん奥の母ん股倉ん穴〉

いつもんごつ、血んごたる道が肉んひだば、はうごつして続いとる。道ん両側に家んごたるもんがあり、血んごつ燃えとる。

おいは犬のごつ走っていく。

「あんたも喰いに来たとね」

「黙っとらすとこばみっと、どうも喰いに来とらすごたるね」

「ちがわん、ちがわん」

「まあ、よかたい、喰いに来て、喰わるるこつもあるけんね」

「喰いに来て、ちい喰われた、こっじゃ笑い話にもならんよ」

家んドロ壁ばとおして、泥んごたる声のきこえてくる。おいは、かまわんで走っていく。道んとだえたとこで、おいはいつもんごつ、かたむいとる戸ば開くる。いつもんごつ黙って板の間にすわる。火んごつ燃えとる母が近ずいてくる。お経んごたる言葉が、おいの体ばなめまわしはじむる。

「おまいは、そげん気違いんごつなって仕事ばっかりする必要はなか」

おいはジコんごたる目ば、母ん腹ん上におく。すっと、母ん腹が、ドン腹んそれんごつふくらんでくる。

「みらんね、こげん腹のふくれてきた」

板んごたるフトンばしいて、母は、ドン腹ん女ごつ、横になる。すっと、壁ん中ん仏壇から、骨ばカラカラ鳴らかして、母ん母どんが這い出してくる。

「腹んふくるる間は、まだ、生きとらるる」

「腹んふくれんごたるオナゴは母親ん資格はなかけんねえ」

「よう、ふくれとる」

「こりゃあ、双子かもしれんよ」

「やるねえ」

「やる、やる」

母は仏壇の中から這い出してきた母どんの骨ん音ば、うっとりきいとる。

母が血のしたたっとる口ばひらく。

「明日になったら、うんとうまかもんば喰わしてやるけんね」

「こりゃあ、たいしたやつばい」

仏壇の奥から、しわがれた声んする。

「こっでこそ、うちどんが血ばひぃとるちぃわるる」

「あまったとは、うちどんにもくれんね」

「腹んへったねえ」

「ほんなこて、死んでから何も喰うとらんけんねえ」

そん言葉ん上に、ペッとツルべばはくと、骨ん母どんは壁ん中の仏壇に消ゆる。いつもんごつ、家ん中の暗うなる。そんヌトヌトん闇のむこうから、にぶか肉ん音んひびいてくる。

「心配せんちゃよかよ」

おいは黙って闇ばみつめとる。

「朝までしんぼうせんね、明日んなっと、うんとうまかもんば喰わしてやるけんね」

おいは、そん声にかまわんで闇ばジッと見つむる。

「こりゃ、たいしたやつばい」

「こっでこそ、うちどんが血ばひいとるちいわるる」

「あまったとは、うちどんにもくれんね」

「腹んへったねえ」

「ほんなこて、死んでから何も喰うとらんけんねえ」

さっきの母どんの骨ん言葉が、また、そん闇ばゆさぶる。闇ん中ん闇の動き出す。

血肉既尽　唯有残骨
（訳）
ああ！　ああ！　ナンマイダ！　ナンマイダブ！

母はドン腹の体ば起こす。

「ほら、見ゆるじゃろ、腹ん中んもんが動いとるよ」

くろ血んよった腹が口縄んごつ波うっとる。そん背後から骨ん母どんの言葉が、かさぶたんごつおおいかぶさってくる。

「腹んふくるる間は生きとらるる」

「腹んふくれんごたるオナゴは、母親ん資格はなかけんねえ」

「よう、ふくれとる」

「こりゃあ、双子かもしれんよ」

「やるねえ」

「やる、やる」

おいは、母ん股倉ん奥の奥の奥にはいっていく。そん奥ん方から男が歩いてくる。

「おいは、どけんかわけでキンタマがなかとやろか?」

「おいは男じゃなかとやろか?」

「兄しゃんには太かキンタマのあるばってん、おいにはなか」

「わからん」

「キンタマんなかと、こんチンポも鼻糞とかわらん」

「おかしかあ」

「誰れかぬいたとやろか？」

「おいに、キンタマんあると、こまるやつがおるちいうこつやろか？」

「誰れやろか、おいのキンタマばぬいたやつは？」

誰れやろかあ、とおらびながら男が走り出す。おいは草ごろん中で、そん男ばじっと見とる。ケラケラと笑う女の声がする。おいは、かまわず這うていく。おいは草ごろん中ば這いつづける。

草ごろん中で自分の股倉ばみつめながら男がブツブツいっている。

「おいの親父がおいの嫁ごとねたけん、おいは息子ん嫁ごとねたとやろか。すっと、おいの親父は、そんまた親父から嫁ごばとられたけん、おいが嫁ごばだいたとやろか。すっと、おいの息子も、おいから嫁ごばだかれたとやっけん、息子んでくるなら、また、息子ん嫁ごはだくとやろか……」

自分の股倉ばジゴんごたる目ん玉でにらみながら、男は、そん股倉に手をやる。

おいは、草ごろん中ば這いつづける。逃ぐるごつ這いつづける。でれでれち死ん流れて行く。おいは、そん死ば押しわけて這うて行く。そん死が、笑いながら言う。

「ほう、百姓んまねして、地だまに這うどらすよ」

「百姓んまねしたっちゃ、百姓じゃなかもんは百姓じゃなか」

「あればしよるつもりじゃなかね」

「あれち何ね？」

「きまっとる、とうちゃんとかあちゃんの夜さりさす、あれたい」

クククククと笑いながら、死ん流れて行く。おいは、犬んごつ這うていく。

〈母ん股倉ん奥の穴ん奥の
　母ん股倉ん奥の穴ん奥の
　　母ん股倉ん奥の穴〉

おいは、ひれひれんついとる、そん穴ば、また、両手ん指でひきあくる。ねとねとしたもんの吹き出してくる。鎌ば右手にぶらさげた男がつっ立っとる。ひとつん死体がおこったごたるふうに言う。

「おまいどんな何ち思うとるとか、男と女がつがうとは何も言わん、そりはあたりまえのこつやっけんね、そりがなんか、男と女のつごうとるち思うとったら、兄妹じゃなかか」

そん男ん下で、首ば切られたふたつん死体がジーっと男ばにらんどる。ひとつん死体がまた、おこったごたるふうに言う。

「父ちゃんが何ちいうてもいっちょんかまわん、おいは妹ば好いとるけんだいたとやっけん」

男がバカタレ！　ちどなる。

「みらんね、父ちゃん、妹は苦しか顔はしとらんよ、気持ちよか、ちいうごたる顔ばして死んどるよ」

男ん下の首ば切られた男ん死体がつぶやくように言うている。男はそん死体に、また、鎌ばうち込む。そりから、錐んごつそん鎌ば回して腹わたばひき出す。そっでん、つがいおうた死体と死体のあすこは離れん。

コンバカタレガ！

すっと、つがいおうた、死体と死体のあすこから、仏壇がとびだしてくる。鎌ばもった男は、そん仏壇に走り寄って、手ばあわする。

仏壇ん中から腹わたんごたる生首のとび出してくる。笑うてつぶやく。

「オイドンナ、人間ノスルコツバシタダケトバイ、父チャン、母チャンノサシタコツバシタダケバイ」

かたまりかけた血んごたるもんがそりばおしつつむ。

ひっきりなしに仏壇の奥から、つがいおうた股と股とがとび出してくる。

おいは、ぺっとツルべばはく、はきかけて這うていく肉んヒダばかきむしりながら、そん穴ば這うていく。どろどろした死体の流れていく。

「どうやったね、水子のぞうすいは」

ひとつん死体がおちょくると、もうひとつん死体が、

「何ともいえん、キキキキキ」

ち、あいづちばうつ。おいは、かまわんで這うていく。

「ほう、喰うとらんち言うつもりね」

「喰うとらんちは言わせんぞ、百姓しとって、水子んぞうすいば喰うとらんもんは、おらんとやから」

「そげんして、這うてばかり行きよったら、股倉んすり切れて使いもんにならんごつなるばい」

「使いもんにならん、こりゃあ、まいった」

キキキキキと笑いながら、泥んごつ死体が流れていく。おいは、そりば押しのけて這うていく。

かすかに家ん見えてくる

家

……

……

おいのまわりが急に、枯れた稲ばかりになる

枯れた稲ん中に犬ん涙ごつひかるもんが見える

骨

泥によごれた骨

（汚れた骨のなしてひかるとやろか？）

……

……そん骨は生きとるごつ泣きよったとですばい、ぼろぼろんなるごつくだけた頭んあたりに深か傷んあって、そっから、どす黒か血の湧きずるごつ流れでよっとに、そん骨はぬぐおうとでんせんな、ぼろぼろ泣きよったとですばい。地われんした田ん中に産毛んごたる稲んはえとる、そんわれ目ん中で、虫のごたる女がケラケラ笑いよる。臭かったですね、そん骨は、どうもこうもならんごつ臭かったですねえ、人間ん息んごつ、むするとですばい。口縄んごつ頭ばもちあぐる、ねちねちしとったですねえ、どろどろしとったですねえ、血んごたるどろどろ、くだかれたっちゃ、けっしてトにはとけんち決めとるごたるふうに見えたですねえ、ほんなこて、ほんなこて…………

おいは枯れた稲ん中で、そん骨ばじっと見とる。

おいの目ん玉ん中で、ふしくれた二本の骨ん手が、ガサガサ動き出す。
土ん底から湧くごつ、右ん手がはえ、左ん手がはえてくる。
血ばしたたらせながら、泥んつまった頭ん骨ん這い出してくる。
とびだしとった目ん玉がつぶてんごつなって、そん頭ん骨にめり込んでいく。
ひき出されとった腹わたが口縄んごつ、うねうねうねりはじむる。
血のしたたる肉が腹わたをつつみ、骨ばつつむ。
そりが胸になり腹になる。
二本の杭が足んごつ立ちあがり、そりばささゆる。
頭んはえ
首んはえ
胸んはえ
腹んはえ

腰んはえ
手んはえ
足んはえ
泥だらけん骨はひとりん男になる。
盛りあがった股倉が稲ばはらう。
走り出す。
稲ばけちらし
土ばけちらし
（走るちは、どげんかこつやろか？）

獄卒頭黄如金
眼中火出
著赭色衣

手足長大
疾風如風
口出悪声
（訳）

ブダイマンナ

走る男ば見ながら地ん底で二つん死体が話ばしとる
あつかねえ。

うんあつかねえ。

ゆでるごつむす。

雨かもしれんねえ。

こげんか夜は違わん雨んふるけんねえ。

そりもきまって夜さり。

しかも土ん底から湧きずるごつ。

しかも血んごたる雨。

……。

おいにはわかっとる、あん生ぬるさは血んぬくみ。

地ん底から血んごたる雨。

そうたい、ありは血やったとたい、悲鳴のごたる血やったとたい。そっじゃなかと地ん底から湧き出てくるはずはなか、ありは悲鳴のごたる血やったとたい。

おどんが悲鳴のごたる……。
うん　おどんが悲鳴のごたる。
ほんならあん声は……。
そうたい　土にまみれたおどんが声。
そりが地ん底から湧くごつふってくる。
そげんでん思わんと、あん声ん正体はつかめんけんねえ。
あつかねえ。
うん、ほんなこてあつか。
母ちゃんたちは今夜も燃えようらすやろか。
燃えようらすやろ　骨ん走りよるけんね。
早かねえ。
うん　早かねえ。
火のごたる。

うん　火のごたる。
骨。
走る男。
燃ゆる骨。
燃ゆる男。
ふりはじめたねえ。
悲鳴のきこゆる。
あっちん方から……。
うん、あっちん方から……。
〈母ん股倉ん奥の穴ん奥の
母ん股倉ん奥の穴ん奥の
母ん股倉ん奥の穴〉

家が母ん股倉んごつ燃えとる
母が燃ゆるけん家も母んごつ燃えとる
男は戸ばけやぶり
土間からかけのぼり
家ん中にどびこんでいく
淫水んごたる汗のそん体からしたたり落ちょったとですバイ　燃えよる母に燃えかかりよるちいうたらよかでっしゅうか　とにかく柱ばなぎたおしてから　母親に燃えかかっていきよるとですけん　そりからほんなこてむごたらしかごつ母親ん股倉ばひきあけたたとですばいすっと　血ん袋んごたるとのだらだら流れ出てきて、そりばいっちょいっちょ嚙みちぎるとですたい　蛆虫んごつ水子のムシロん上に落ちよる　そりばふみ殺してからそん男はまだ気のすまんとでっしゅう母親ん股倉に手ば突っ込みよりましたけんがらばってん妙なもんです

ばい男ん下でそん母親はひきちぎられよっとに娘んごつ燃えよるとで
すけんねえ男が燃えよるけん母親も燃えよるとでっしゅうか
母ん股倉から太か榎のごたる火の立ちあがる
男は火ん火ば燃えとる
もう親と子じゃなかった
男じゃった　女じゃった
ぐるぐる火のまわっとる
腰ばまんなかにして腰がまわり男ん腹わたがまわっとる
燃ゆる肉のまわっとる
うらみのごたるもんがまわっとる
家がまわっとる
　くずれた家ん中で男ん目だけがけだもんの目んごつ光りよったとです
たい　そん目は肉んかたまりのごつ投げ出されとる母ん股ばにらみす

えとる　股ん間からひき出した血ん袋ばにらみすえとるほんなこて気色ん悪かったですばい　男は股ん間ん血ん袋にねばねばしたツルべばはきかける　肉んかたまりのごつ投げだされた母ん股ば足でける　燃ゆるな！　ちいうて足でける　そしてこっでなんもかんもしまゆるはずじゃなかったとですかねえ

……

ふりむいた男ん目に家は骨になって這いつくばっとった
くずれた家ん下で死子どんが奥歯ばキリキリならす
男はふりかえりうなずく
くずれた家ば生み落とされた死子どんがくいつくす
土と家とがいっちょになる
土は誰れのもんでもなか土は土になる
男はそん土ん中にピーンと立っとるもんばさし入るる

母ば犯し土ば犯し男はニンゲンになる
そんまんま
ニンゲンになった　そんまんま
男はただ走りする
（走るちはどげんこつやろか？）

獄率頭黄如金
眼中火出
著赭色衣
手足長大
疾風如風
口出悪声
（訳）

ブダイマンナ

ばってん、やっぱそこで　道のとぎれとりましたとですねえ　今まで火ん玉んごつ走りよった男がピタッち止まったとですけんおかしかねえち思うてようっと見っと男ん前にさっきん母親が立ちふさがっとったとですたい　もうこげんなるとどげんもならんとでっしゅ男はポケーッと立っとるだけやったですけんね　そんうち嚙みちぎられとった血ん袋が母親ん股ん所でひくひく動き出しよった　くずれとった家も母親が起きあがったからでっしゅ　母親んごつ起きあがってそん母親ばつつみはじめたとですたい　母親が火んごつ燃ゆるけん家も火んごつ燃ゆるそん燃ゆる家ん戸ばけり破って母親がとび出して来たとです　左手に肉んかたまりのごたる死子ばぶらさげて　男は逃ぐうち思うてん逃げられんとでっしゅ　ポケーッと立っとるとですたい　そん頭に母親が右手ん鎌ば打ち込む　男ん体ば切りきざむ　血のとびちる手足の体からはなるる　肉ばそぎ落とすそん骨ば田ん中にふみつくる

おいは枯れた稲ん中でジーッとそん母親ば見とる
母親はけんめいに男ば切りきざむ
母ん血で切りきざむ
肉は母親ん胃袋ん中に流れこんでいく
枯れた稲の火んごつゆれはじむる

母親ん右手ん鎌が走る
骨んとびちる
母親ん股倉のケラケラ笑いだす
男は骨んなってまた土ん中に消ゆる
……
……おいは……
おいは骨ん男になって走る
おいの前であん家の燃えとる
おいは板ん戸ばひきあくる
おいは立ちすくむ
〈母ん股倉ん奥の穴ん奥の
母ん股倉ん奥の穴ん奥の
母ん股倉ん奥の穴ん行きどまりの家〉

そん家ん中ん湿った地の面から血んわきでよった
血ん湧き出よるけんそりは土地やった
家ん中ん土地やった
ヨシがはえとった
そんヨシは血ばすうて生きとるらしかった
血んごたる赤か色ばしとった
ニンゲンのごつ奥歯ばキリキリならしよった
そんヨシばなぎたおしむこん方から女が這うてきよった
泥んごつなって這うてきよった
たおれたヨシが血ばふき女ん腹ばぬらしよった
女が這うて来よった
むこん方から家ん方さん這うて来よった
泥んごつなって這うて来よった

……

雨んごつ血んふってきよった
そん血ん中でそん血ばあびるごたふうに女はたちどまりよった
ヨシがまちかまえとったごつまた奥歯ばならしはじめよった
ニンゲンの歯ぎしりりん音んしよった
歯ん間から涎んごたるもんがたらたら落ちよった
女は体はひき起こし糞ばたるるごたふうにしゃがみこみよった
あたりまえんごつそげんしよった
しゃがまんとでけんごたるふうにそげんしよった
太ももが地われんごつひらきよった
ちぢれ毛の気色の悪かごつちぢれよった
しっとりぬれよった
血にぬれよった

ふくれた腹ばワラん根ばたたくごつたたきはじめよった
女はおいの母親かもしれんかった
おいの中ん母親かもしれんかった
血ん中ん母親かもしれんかった
そん腹ん中から悲鳴のごたるもんがきこえてきよった
悲鳴ん中にもういっちょん悲鳴んあって悲鳴ん中で、そんもういっちょん悲鳴ののたうっとるごつきこえてきよった
そん悲鳴のきこえんごつなっと女はひらいた股ん奥に頭ば突っ込むごつしてひくひく動きよる血ん穴ばのぞきこみよった
穴ん奥には火ん火んごたる火ん燃えよった
そりばみてヨシがまた涎ばたらしはじめよった
もうはっきりヨシはおいやった
おいの中のおいやった

ヨシはのぞいとる女ばのぞきニンゲンのごつなりよった
おいになりよった
女はそりばたしかむると血のしたたる手ば股ん間に突っ込みよった
羊水のふき出してきよった
女ん腕ん筋肉のキュッちなりよった
そりは違わんおりが母親ん筋肉の音やった
女はイモばぬくごつ股ん奥からそん手ばひき出しよった
また血のふき出してきよった
羊水のふき出してきよった
ヨシがキリキリ奥歯ばならしよった
ひき出された女ん手ん中で肉の生きもんがぬるぬるうごきよった
女ん喉のなりよった
口ん端からだらだら涎ん流れおちよった

肉の生きもんば頭ん上にさしあげよった
たれさがったへソん緒ばうどんのごつすすりよった
肉の生きもんの腹ばくいやぶりよった
流れ出る腹わたば指ですくいあげずるずるすすりよった
顔が肉んかたまりの腹ん中にうまっていきよった
ヨシは女ん口もとからこぼれたもんばすすりよった
ヨシはおいやった
腹んへっとるおいやった
女と同じかごつ腹んへっとるとやった
女はくいよった
すすりよった
肉のかたまりば胃袋でつつみ込みよった
そりからゆっくり土ん上にねりよった

股ばひらきよった
すきとおっとる液のぬらしよった
もうはっきり女は母やった
おいの母でなかとでけんとやった
おいん中ん母でなかとでけんとやった
股ばひらくとは母だけやった
腰ばたこうもちあげよった
胃袋ん中ん肉ばくいよった
腰ばぬるぬるゆすりよった
肉ん腰が肉ば喰いながらぐるぐるまわり出しよった
股は男んもんばくわえたかとやった
ぐるぐる腰のまわりよった
胃袋は肉ばこねまわしよった

腰はそん肉んためにまわらんとでけんとやった
ひだるかとがそん腰ばまわらせとるとやった
そんために男んもんがいるとやった
すっとヨシが男んもんになりよった
母ん股倉にとびこんでいきよった
おいが腰ばゆすっと母もけんめいに腰ばゆすりよった
ゆすらんといかんとやった
あたりまえんこつやった
血のまわりよった
母ん血とおいが血が腰ばまんなかにしてまわっとるとやった
根もとん血のまわっとるとやった
腰がまわり血がまわり胃袋がそんまわりばまわっとるとやった
胃袋んためにぜんぶがまわっとるとやった

母ん腹ん中で淫水がまわりまわりまわりながら肉のかたまりになりよるとやった
そりが明日ん肉になるとやった
肉がまわりよった
おいがまわりよった
おいの母親がまわりよった
おいの胃袋がまわりよった
血がまわりよった
　おいは母ん股倉ん奥の穴ん奥の母ん股倉ん奥の穴ん奥の母ん股倉ん奥の穴ん行きどまりの家ん中にはいっていく　疲れた母が股倉ばひろげて板んごたるフトンの上にねとる　おいは　母ん股ん間から母ん子宮ん中さんはいろうとする
「何ば感ちげえしとるとか　喰うちはそげんこつじゃなかぞおまいが

体ん中さん入っていったっちゃ糞んつんばりにでんならんあまゆんな！」

おいはそん声にはじき出される

犬のごつ母が起きあがる

「びっくりせんでよかぞ、こりはニンゲンじゃなかけんね、こりは肉……。」

おいは、そん肉に名前ばつけはじむる。こりは秀男、こりは道江、こりは留男、こりは……母はそん肉ば、せからしかごつして鍋ん中に投げ込みはじむる。そりから、おりが方ににじりよってくる、おりが尻ん穴に手ば突っ込みはじむる。おいはうっとりする。母ん手がおりが腹わたばひきだしはじむる。うどんのごつすすりはじむる。おりが腹わたばすすりはじむる。

「喰うちはこげんかこつぞ！

喰うちは生血ば流すこつぞ！
ニンゲンとれん何とれん区別はなか！
米も麦もヒエもニンゲンも同じか喰いもん！」

血ん潟

1母の股倉の奥の。

2血の穴。

3血は血のようには流れていなかった。血はよどんでいた。血は臭かった。

4母は船の上から、海面を突き刺すように小便をした。父は横を向いて、

知らんふりをしていた。わたしは「うみたけ」を母の乳首のかわりに、
血をすうかたちで、すっていた。

5臭かった。

6母が月のものの赤い血を潮で洗うと、海はいっしゅんに血の色にかわ
った。

7臭かった。血はよどんでいた。

8海は母の股倉につづいていて、海は、母の流すその血で、生きながら
えているようにさえ思われた。

9潮がひくと、海には黒くひかる潟があらわれた。母の赤い血はいつの間にか黒くなっていて、その潟をかさぶたのようにおおいつくしていた。

10その潟の中にかくされているものを父と母が、片手を突っ込んで、ひき出そうとすると、それをやめさせようとするように潮はたちまち満ちて来て、潟そのものをにごった潮でおおいつくした。

11潮は川を逆のぼり、やがてそれがひく時、生活の種々のものをその海にもち帰った。椅子があり、机があり、ビンがあり、ワラがあり、猫の死体があり……ニンゲンの死体やその死体の魂などもあった。

12臭かった。潮はにごりににごっていた。

13死体は海の生きもののいいエサになる、と父は表情ひとつ変えずにいった。

14血のにおいがした。

15母は父の言うことなど聞えないというように、ハエ縄の縄をひきあげつづけた。ぬるりとしたものがその縄にまとわりついていて、ヘソの緒のようにみえた。

16母の股倉の奥の。

17もう喰う米のなか
なかなら喰わんならよかろうもん

喰わんなら死んでしまうやろう
喰うもんのなかなら死ぬ他なかろうもん
死ぬとはよかばってん　こん子が……
こん子も糞もあるか　喰うもんのなかなら死ぬ他なかろうもん
あげまきとれん　みろっげとれんとってきて……
そりば喰うちいうとか
……
そげなもんはもうどけにもおらんぞ潟ばどげんほったっちゃおるとは
死んだもんばっかり　メシば喰えんで死んだなりがねもんの骨ばっかり
り
そんなら……
そんならなんか
ばばしゃんのいいよらしたばってん喰いもんのうなった時はそん時は

喰うもんがたったいっちょある　そりは……
そりは……
早ういわんか！
そりはうちん腹ん中の……
早ういわんか！
うちん腹ん中の目ん玉のあいとらん……
そりば喰うちいうとか
ばばしゃんの……
おまいはそりば喰うちいうとか！

18
海は海になかった
海は家の中にあった
海は母の中にあった

海は血のにおいがした

19母の股倉の奥の。

20海があれる日は、母は黒い液状のものを船の上にはきつづけた。

21母の股倉の奥の。

22家に帰っても母のはくものはとまらなかった。母はきたないものをはくように便所の中ではきつづけた。

23その家の中に小さい黒いカニがはいってきて、母がはいた黒いものをうまそうに喰っていた。

24母は、それでもはきつづけた。やがて、はきつづける母の両足に、カニがはい登り、母を喰いはじめた。うまか、うまか、といいながらカニは喰いつづけた。母はそのカニに、よしよし、早う喰え、早う喰えといい、わたしの頭をなでるようにカニの甲らをなでつづけた。わたしも、そのカニにまじって、母にすいついていた。

25メシば喰うぞ、と父はいった。母は自分の体を喰っているカニをひきはがし、それをゆでて父にさし出した。うまか、うまか、と父はいい、喰った。まだ、喰いたからな、これもあるばん、そういって母はわたしの頭をなでた。父は、もう、よか、と言った。わたしは火がついたようにギャーギャーと泣いた。

26母の目はさめていた。

27母の股倉は火のようにあつかった。

28血は臭かった。

29わたしは火がついたようにギャーギャーと泣いた。

30喰うちは、へっとる腹ん中に、喰いもんば流し込むちいうこつ。喰うちは理屈じゃなか、生きとるもんなら誰れでんするちいうこつ。喰うちは、口ば動かして、何かば嚙みくだくちいうこつ。喰うちは、涎ん出るごつ、たまらんちいうこつ。喰うちは、尻の穴から手ば突っ込んで、腹わたばひき出し、そりば奥歯で嚙みくだくちいうこつ。喰うちは、飢え死にしたニンゲンば、ケイベツした目でにらむちいうこつ。喰うちは、うどんのごつ命ば胃袋ん中に流し込むちいうこつ。喰うちは、すすった命ば糞にするちいうこつ。喰うちは、共喰いば共喰いち思わんちいうこつ。喰うちは、タコが自分の足ば喰うごつ、自分の命ば喰うちいうこつ。喰うちは、猫がおったらそん猫が、うまか喰いもんに見ゆるちいうこつ。喰うちは、命より大事なもんは喰いもんちいうこつ。喰うちは、喰うためには死んでもよかちいうこつ。喰うちは、豚ん肉も牛ん肉もみろっげもあげまきもニンゲンの肉も腹ん中では同じか喰いもんちいうこつ。喰うちは、弱かもんば殺してよかちいうこつ。喰うちは、子ばおろして、そん子ば喰いもんにして喰うてもよかちいうこつ。喰うちは、どげな真実より真実ちいうこつ。喰うちは、真実もかみくだくちいうこつ。喰うちは、神さんも嚙みくだくちいうこつ。喰うちは、仏さんも嚙みくだくちいうこつ。喰うちは、ナミアミダブも腹ん中に流し込むちいうこつ。喰うちは……

31ああ、せからしか！　いらんこつ言いよったら、おまいば、ちい喰うぞ！

32歯の間につまった黒いものを、父はシーシーと歯の間からすいとりまた、胃袋に流し込んだ。わたしはその姿をみて父の口に頭を突っ込み「おいにもくれ！　おいにもくれ！」とだだをこねた。父は「おお、おお、おまいも喰いたかか、父ちゃんの歯ん間につまっとるもんば喰いたかか、おお、おお」といい、ちょっと間をおいて「おまいもロッキュん子やな」と悲しそうな顔をした。母はわたしの頭をコツンとたたいた。わたしの頭は「わけんしんのす」のようにわれた。

33寝るぞ、と父は言った。母は黙ってモンぺをはいたまま横になった。父も母も棒のようになってねむっていた。父と母は、かさなることはなかった。しかし、朝になると、わたしににた、まだ目のあいていない赤子が、ゴカイのように無数にうごめいていた。

34それが朝飯だった。それをすすればよかった。五歳のわたしにも喰えるかたさだった。父と母とわたしは、それを無言のまま喰った。喰う時は、ことばなどいらなかった。歯がカチカチなり、ズーズーとそれをすする音だけが、家の中にみちていた。

35海に行く、と父は言った。母は朝にうんだ赤子たちをビニール袋につめこむと、父の後にしたがった。

36外は、黒いどろどろしたものでおおいつくされていた。人の声はしなかった。しかし、そこに人がうごめいていることは、わかった。

37臭かった。

38母の股倉の奥の。

39川だった。

40川も母の中にあった
船も母の中にあった
海は見えなかった
海は海になかった
海は家の中にあった
海は母の中にあった
臭かった

血のにおいがした
41母の股倉の奥の。
42船に乗ると、父の目も母の目もいっぺんし、ジゴのように血走った。
43ジゴんごたる……
44ジゴんごたる目。
45それを、ロッキュん目、と父は言った。
46「ジゴんごたる目」は父と母の姿を、またたく間に、正太郎ばあさんのようなおそろしい姿にかえた。

47正太郎ばあさんは魚をさばくだけでなく、ニンゲンをさばくのも上手だった。出刃包丁一本でどんな屈強な男でも、あっという間に解体してしまった。解体したものは、みんな自分で喰った。血はのどをならし、いっきに飲みほした。

48正太郎ばあさんも「ジゴんごたる目」をしていた。

49ニンゲンば喰うと、ジゴんごたる目ん玉になる、とジゴんごたる目をした男たちがいっていた。

50ジゴんごたる目ん玉になるとニンゲンば喰いとうなる。

51その正太郎ばあさんも母の中にあった。

52ジゴも母の中にあった。海もジゴだった。海もジゴも母の中にあった。

53正太郎ばあさんは母の股倉の中で、魚をさばくようにロッキュの男たちを、さばいた。

54臭かった。

55海はどこまでも、よどんでいた。

56父と母はその「ジゴんごたる目ん玉」で、船の上から、にごった海面をにらみつけた。

57ジゴんごたる目ん玉でにらまれた海面は、おびえたようにその海面を低くしていった。

58潟？　が見えた。潟は黒かった。

59父と母は、片手に出刃包丁をもって、船からとびおりていった。潟は父と母の下半身をすいこむようにのみこんだ。

60父と母は、ジゴのような目をして、出刃包丁をふりまわした。潟に突き刺した。悲鳴はきこえなかったが、どすぐろい血が潟の底から、ふき出してきた。わたしはその血を頭からかぶりながら、父と母の姿をじっと見ていた。

61ジゴ。

62父は出刃包丁をふりまわした。
母も出刃包丁をふりまわした。
無言だった。
父と母の腕には腹わたがまきついていた。
ジゴだった。

63ジゴ？

64潟の底のジゴ。

65ジゴ。ジゴは腹わた。腹わたはジゴ。潟の底のジゴ。

66わたしは潟の底からふき出してくる血をあびながら、父と母の姿をじっと見ていた。

67母の股倉の奥の。

68ジゴ。ジゴはジゴ。

69腹わたにつまっとる腹わた。腹わたにつまっとる腐れた腹わた。口からすすられ腹わたにたまっとる腹わた。ジゴはヒトが喰うたヒトの腹わた。ジゴはヒトの腹わたば喰うたニンゲンのいやしか欲。ジゴは血。ジゴはロッキュの黒か血。ジゴはロッキュなら誰れでんもっとる黒かおらび声。ジゴ。ジゴはジゴ。

70ジゴ。

71黒かジゴは、ジゴんごたる目ん玉がにらんどる。

にらんどるぞ、ちいうてにらんどる。

逃げてもにらんどるぞ、ちいうてにらんどる。

地獄に逃げこんだっちゃ見のがさんぞ、ちいうてにらんどる。

ジゴんごたる目ん玉は地獄ん目ん玉。血の流よる目ん玉。針の突き刺さっとる目ん玉。人さし指と中指と親指でえぐり出された目ん玉。裏がえしになっとる目ん玉。ひとりごつばいうとる目ん玉。おけいしゃんのごたる目ん玉。ヒロトんごたる目ん玉。気違えさんの目ん玉。手の目ん玉。鼻の目ん玉。脳ミソの目ん玉。口の目ん玉。足の裏の目ん玉。血ん目ん玉。くされた血の目ん玉。黒か血の目ん玉。ジゴんごたる目ん玉。潟ん目ん玉。潟ん底の潟ん目ん玉。目ん玉……

72あんまり見よったら、おまいが目ん玉ばえぐり出すぞ！

73父と母は潟の中で、おたがいの体を右手にもった出刃包丁できざみはじめた。

74きざまれたものはまたたく間に黒い潟になった。あとはジゴんごたる目ん玉だけがのこった。

75母の股倉の奥の。

76
（黒い血がみえた）
（黒い血はその奥で赤い火を燃やしていた）
（赤い火はするどい刃のように燃えていた）

（血がたぎっているように思われた）
（生ぐさかった）

77父と母は、ジゴんごたる目ん玉だけになっていた。そこから、生ぐさいものが流れ出ていた。

78母の股倉の奥の。

79流れとった。

80喰われた赤子が糞になって流れとった。流れとった。喰われたナミアミダブが糞になって流れとった。流れとった。喰われた涙が糞になって流れとった。流れとった。喰われた泣き声が糞になって流れとった。

流れとった。糞になって流れとった。流れとった。仏壇が流れとった。戒名が流れとった。数珠が流れとった。流れとった。手足が流れとった。のびた舌が流れとった。死んだもんが流れとった。生きたもんが流れとった。首ば切られたもんが流れとった。頭ば割られてヒロトが糞になって流れとった。おけいしゃんが流れとった。片キンの男が流れとった。股倉だけが流れとった。ニンゲンについとるもんは、なんでん流れとった。頭ん中で考えたもんも、なんでん糞になって流れとった。黒か血になって流れとった。……

81潟は好かん、潟は好かん、ちいうて潟から逃げようらした清どんはいっちゃん好かん潟いないになって、堤防ん足場から足ばふみはずして、ほんなこて、潟んなって死んでしまわしたげな。

82きんたまにきんたまん仕事ばさせんごつなっちゃ死人と同じ。

83ケンイチ、ケンイチち小屋ん奥から声のする。肺病になると小屋ん奥の方からしか声ばかけられんごつなるとね。

84石垣の堤防から、黒か海にとび込んで死んでしまわしたババしゃんな、なんもかんも潟になってしまわすとやろか。

85ムツゴローがとんだ。とびこみ自殺のごつ、とんだ。

86ウァー、こんワラスボは、よう肥えとる。こりも黒か血ばすうてこげん肥えたとやろか。

87「こんドン百姓が！」とロッキュがいうた。「こんムツゴロが！」とドン百姓がいうた。

88「ドン百姓にだけはなろごつなか」ちロッキュんヒトがいうた。「ロッキュにだけはなろごつなか」ちドン百姓んヒトがいうた。

89死んだ。

90ヒロトが死んだ。満ちてくる潮にのまれて死んだ。

91ミツアキが死んだ。早う、死ね！　おまいがごたるふうたんぬるか奴は生きとっても、何もならん、早う死ね！　ちいうて、潟に突き落とされて死んだ。

92勝やんが死んだ。どんぶりメシば、いっぺん喰うてみたか、腹いっぺ、どんぶりメシば喰うてみたか、ちいうて、ガリのごつやせて死んでしもうた。

93夏子が死んだ。死のうごつなか、死のうごつなか、ちいうて死ぬごつ仕事ばさせられて、仕事のしすぎで死んでしもうた。

94おシモが死んだ。下の潟ん上で死んだエーガンチョーのごつひろがって死んでしもうた。

95ジロさんが死んだ。股倉に右手ばつっこんで、死んだ。

96マサカツが死んだ。「のみ屋のオナゴは龍宮の乙姫さんのごたる」ちいうて、ほんなこて龍宮に行くごたるふうにして、潟ん海にとびこんで、潟んなって死んでしもうた。

97テルミが死んだ。大金持ちの家にもらわれたちいうとったが、大金持ちは大金持ちでもジョロ屋の大金持ちで、もらわれた先で、インバイになって死んでしもうた。

98ヨシ子が死んだ。胸ばひと突きにして死んだ。胸につかえとるもんば出刃包丁でひと突きにして、死んだ。

99道子が死んだ。うなぎ屋のカバ焼の頭ば、バケツいっぺもろうてきて、そりば腹いっぺたべて、うなぎにあたって死んだ。

100クニヨシが死んだ。自分の魂ばうどんのごつすすって、魂のぬけがらになって、干物になって、死んだ。

101ナツミが死んだ。おっかしゃん、嫁にいこごたる、おっかしゃん、嫁にいこごたる、ちいうて、生まれてから立ちあがらんまま、ワラブトンの上で、十歳で死んだ。

102カツヒコが死んだ。死んだもんの気持ちはこげなもん、ちいうふうに一本の縄になって、首吊って死んだ。

103誰れでんかれでん、死んだ。

104魂ばすすって、潟んなって死んだ。

105死んだもんは、なして潟んなってしまうとの。死んだもんは潟にしかなられんとの。潟んなって、どこに行くとの。母ちゃんの股倉ん中に行くとの。母ちゃんの股倉ん中には潟のいっぺ、つまっとるとの。死体のつまっとるとの。死にきれん魂のおめきよるとの。糞ばくいよるとの。小便ば飲みよるとの。せっちん虫のわきよるとの。悲鳴のきこえよるとの。親が子ば殺しよるとの。母ちゃんの股倉ん中では、子が親ば殺しよるとの。母ちゃんの股倉ん中では、ヒトも魚も同じか殺し方ばするとの。血はすするためにあるとの。血は黒かとの。うまかとの。うもうなかとの。すいかとの。からかとの。母ちゃんの股倉ん奥の……

106臭かった。

107
海は海にならなかった。

108
海は家の中にあった
海は母の中にあった
母の股倉の奥にあった
臭かった
母は潟のかたまりになった
かたまりになって海をみた
臭かった
よどんでいた
何もいわなかった
汚かった
はきそうになった

はいた
血をはいた
黒い血だった
黒い血はなんでも喰いたがった
ヒトをバラバラにし
手だけにし
目だけにし
ハラワタもひき出した
鬼の口で喰った
喰ったらすぐ腹をへらし
また、喰いたかといった
黒い血は喰うことばかり考えていた
喰うことばかりでできあがっていた

なんでんかんでん喰った
笑い声も喰った
泣き声も喰った
涙も喰った
ナミアミダブも喰った
赤子も喰った
喰わんもんは何もなかった

109 母は母自身も喰った。

110 喰わんもんは何もなかった。

111 母は潟のまわりをボロボロの歯でかこんだ。

112そこに立って海を見た。

113海は海の中になかった。

114海は家の中にあった。

115母の中にあった。

116母の股倉の中にあった。

117母はそこに立って自分の中の海を見た。

118臭かった。

119血は血のようには流れていなかった。

120血はよどんでいた。

121血は臭かった。

122母の股倉の奥の。

123血の穴。

ターちゃんの海

山本源太

カサッと音がした。しばらくしてまた音がした。音が微妙にずれて重なった。夜更け、誰も訪ねてくるはずはないのに人の足音がする。実際は重いのにふんわりとした足どりで。それが霜がかかって厚くなった柿の葉が枝から離れて地面にふれる音とわかるまでにどのくらい時間がかかっただろう。朝になっていた。

憧れの村・星野で、陶工としてようやく自立の一歩を踏み出して意気盛んだとはいえ、肉親はもちろん、知人もいない新しい土地での日々。ある日、目の前に一人の男が現われた。古賀忠昭と名のった。彼の住む柳川から小窯まで四十キロ。自転車だったかバイクだったか、あるいはバスだたか、自家用車で来たのかおぼえていない。一日がかりのはずである。

新聞の読者文芸欄に応募して、選者の詩人・丸山豊から手紙をもらったといった。先生の名を口にした彼とすぐうちとけた。先生は一九六六（昭和四十一）年から現代詩研究会タキギ塾をひらいておられた。私も先生の勧めで六八年の夏から参加していて、月一回の例会にはバスを乗り継いで三十キロ離れた久留米市まで通っていた。先生は医師ということもあり、どこか近寄り難かったのだろう、会ってみたいが、まだ会っていないという。すぐさま彼の背中を押して塾へ伴った。

タキギ塾は、先生の呼びかけで筑後一円、福岡市、遠くは宗像などから十四、五人が作品を持ち寄り、ガリ版刷りにしたものを合評しあうというものだった。場所は地区の公民館の二階を借りたりした。費用の足りないところは「ばんじろ」という喫茶店主の好意で補ったこともある。やがて六九年には活版印刷になり、発行を「タキギの会」、「現代詩ゼミ九州・タキギの会」、「タキギ塾テキスト」などと改めながら、七一年に閉じるまで24号を数えた。「タキギの会」は途中、同人を募り、詩誌「泥質」の発刊へと進み、編集を古賀忠昭が担った。彼は先生に会うとすぐ手伝いとして医院に入り、秘書であり、運転手であり、書生であるような生活をすることになった。十年ぐらいの間だったか。その間、文学に関心のあった素子さんと結婚した。「泥質」には「タキギ塾」から田中圭介、期待されながら早逝した石松美智子、詩集『片目の魚』の故大佛文乃、後に詩集『七月の鏡』でH氏賞を授賞した鍋島幹夫らが集った。「泥質」はやがて同人誌「泥群」に収斂していくが、筑後の詩の発表の場として一時代を画したのである。

古賀忠昭の出自は福岡県柳川のはずれの干拓地・沖《おき》の端《はた》である。十八歳のころから数年、神戸、大阪、名古屋、東京を放浪。帰郷後、漁業に従事しながら詩を書きはじめた。二十七歳の私は、二十五歳の彼に初めて出会ったことになる。

野生ということでは人後に劣らないと思っていたが、彼の所作、語る方言、詩の言葉の生々しさには度胆を抜かれた。まず海のこと。彼のウミには、メカジャ、ワラスボ、クッツォコ、ムツゴロウ、シオマネキ、ワケンシンノスなどが住んでいるという。見たことも聞いたこともない生きものだった。ムツゴロウ、シオマネキは愛嬌があるとしても、メカジャの食道の回虫のような形。そして水底に引きこまれそうな妖しい緑青の貝。身と骨がねじれ、よじれた長い身体に、天を恨んでにらみつけるような目をしたワラスボ。ワケンシンノスとは実は若い娘の肛門のたとえだというイソギンチャク。ウミの岩について海流のままに閉じたり開いたりゆらゆらとゆれる触手が手にふれることを想像した。実際に湯がいてコリコリしたそれを口にしたとき、あらぬ名は一層鮮やかによみがえる。

彼のウミは有明海の広大な潟のことだった。日本一、干満の差がはげしいウミ。遠浅で潮がさせば隠れ、ひけば現われる所。塩水と真水が混じりあう汽水域。満ち引きの早い流れに泥水は澄むことがない。さまざまなものを溶かして上流から下ってくる泥が、厚くたまって海の畑を成している。一見、汚らしくみえるそれは、そこにしかない生物を育むかけがえのない豊かな土壌。陸の果て、あるいは海のはじまり。あるいはその逆。いずれにしてもこの世の際。筑後川と矢部川の間に位置する沖の端川。その最河口に遥か太古から人が住み、彼もそこで生まれた。そこで産声をあげる以前から彼が見たもの、匂ったもの、触れたもの、全身で感じたものが彼の言葉だ。不思議なことに詩の中に彼が愛してやまない潟の生きものそのものは出てこない。生まれかわりのように出てくるのは土であり、家であり、仏壇であり、血であり、肉であり、股ぐらであり、指であり、腰巻であり、しりの穴であり、糞であり、はらわたであり、骨であり、死体であり、ナニである。そしてヒトである。父であり、母であり、先祖であり、兄であり、そして逃れられない苦しみであり、快楽そのものであり、死に至る笑いであり。

彼は目ざめると空腹の中にいた。飢餓といってもいい。その時代、それは特別なことではなく、生まれ育った漁師の村の実相がそうだった。だから笑おうにも笑えなかった。本当の笑いを笑おうとすれば血がしたたりおちた。行きつくところは怨みである。飢えそのものに対する憎しみ。直接飢えに至らしめる「家」の構造。家族の構成。そして世のしくみ。助長する人の意識。怨みは隣続きの有産階級の人々へ。それを象徴する北原白秋へ、さらに彼が思う矛盾の根源としての天皇へ、彼の激しさをぶつける。

けれど、確かに敵は他にあるとしても、自らの中にも宿っていると自覚した後では、その盾先をどこへ向けていったらいいのか。ガンを告知されて死期を悟って書き下ろした詩集『血ん穴』そして『血のたらちね』の発刊まで、およそ三十年の沈黙をよぎなくされたのだ。新しい詩集でも泥の暮らしを延々と蟹のあぶくのように吐き出している。つぎからつぎと言葉がわいてくるのだと。泥の言葉は不思議と清涼で、こちらの背筋がピンとのびるのをおぼえる。お経を聞くような安らぎさえ感じる。多分、そこに生きたものを、その歴史を慈しみ、供養しているからである。ただ抗がい吐き出すだけではなく、生きものを養っている潟の土に還っていくのである。
海といえば日本海。山陰鳥取で生まれ育った私は、彼の海に出会うまで、波高く水青く透明なふるさとの他に別の海があることなど思いもよらぬことだった。潟を、これが本当の海だという彼に従って、再び波打際を歩いた。もう一つの海を肌で感じた。

（スーハ！第4号、二〇〇八年一〇月二〇日刊より再録）

もう一度、詩人・古賀忠昭のことを

稲川方人

ふたたび、みたび古賀忠昭のことを。

この六月一日が古賀の四十九日だった。最期の病床に会いに行く約束の日付けが六日早ければ、もう一度、古賀の遺志を確認できたが、叶わなかった。四月十四日、この日付けが九州の久留米に住み、そこで詩を書き続けた古賀忠昭の命日である。

この詩人の固有名を条件なしに記してもむろん、広く了解があるわけではないことは解っている。一昨年の暮れ近く、古賀の四冊目の詩集『血ん穴』が届かなければ私にとってもまた、この固有名は記憶の奥に潜在する名であるより他なかった。『血ん穴』は、尋常ではない時間の経過を、古賀を知る者に気付かせる一冊であり、その時間は彼にとっては不本意極まりない「詩の停止」を引き延ばした時間なのである。三十年もの間、「詩」を停止させれば、ふたたび書きはじめるとき新たに産まれるものにいかなる確信が得られるかは不安にしかないが、『血ん穴』ははるかにその「停止」の長い不安を凌駕していた。古賀の「詩の停止」直前の一九七〇年代後期に、実際に会うことはなかったが、わずかに交流のあった私は『血ん穴』読後に短い葉書を古賀に送り、三十年の空白にも拘わらず実質において強度を失ってはいない彼の詩語の恢復に同意を示した。

しかし、その詩語の恢復が実は彼の身体の終焉と同義であることを、古賀の返信から知らなければならなかったこと、それがこの一年半ほどの古賀忠昭と私との関わりの始まりである。古賀は末期癌の治療を厳しく断り、彼自身の言葉に従えば「自然の死」に近づくべく、自分の生命の最期に行なうべきは「詩」をふたたび召還することだと決意するのである。

死後、家族が開くように書かれた遺言ノートの、末期癌を告知された以後の二〇〇六年七月三十一日に次のような記述がある。


三二才でとまっていた時間が、何か動きだしたような気がする。何か書ける！ そういう気持ちだ！

これからの一年は他人の十年にも値するような気がする。考えていることが気持ちいいのだ！ 若い頃のあのつかれを知らない脳がよみがえったようだ！


なぜ古賀の詩の時間が「三二才でとまっていた」かには、戦後のこの国の文学における、今日でもなお未決定としてある問題に触れることになる歴然とした理由があるが、ここではそれは述べない。古賀は、みずからの生命の終焉を直視して「何か書ける！」と把握し、以後二〇〇七年の一年と本年の二月までの間、終わりへと加速する身体と真向かいながら、その病魔の速度を超克し、おそらくはこの国の文学史に類例のない密度によって膨大な詩を書き続けたのである。その結実である詩集『血ん穴』および次詩集『血のたらちね』において、古賀は、たかだか三十年の時間や、文学の制度的禁忌などには侵食されないみずからの詩の揺るぎなさを示した。古賀の詩形式への統覚、荒々しい主題を仮構として書き切るその現在的詩意識には、詩の無為としてあった三十年を考えれば誰しもが驚異を覚えざるを得ないだろう。古賀はこの一年余、驚異の密度と驚異の速度とによって「詩」に対峙し、息を引きとる四日前の、たった一語を記す指の力をさえ失った手で書かれた数行の、祈りのような言葉を最後に、この世のすべてから離れていった。

六月一日、遺言ノートの冒頭にそうせよと記されてあった通りに、古賀がその幼年期から親しんだ筑後川と有明の海に、残された三人の家族とともに古賀の白い骨の一部を流した。古賀の自筆の出自事項はどの詩集においてもきわめて簡略である。「一九四四年、柳川のはずれの干拓地に生まれる」と。それ以外は記されない。古賀のその華飾なき思想に倣えば、端的に「二〇〇八年、有明の海に還る」となるだろう。干拓地の集落と有明の海で見た人間の群像、そこに古賀忠昭の「詩」があり、それはこの国の「文学」と「知」への苛烈な批判だったことを言い添えておきたい。

（句誌「鷹」二〇〇八年七月号より再録）

装丁＝毛利一枝

古賀　忠昭（こが・ただあき）

1944年　柳川のはずれの干拓地に生まれる。
　　　　25歳頃まで家業の農・漁業に従事。
　　　　その後、廃品回収業を営む。
2008年　有明の海に還る。

1971年　詩集『泥家族』
1972年　詩集『念仏うた』
1975年　詩集『土の天皇』
2006年　長編詩『血ん穴』
2007年　詩集『血のたらちね』
　　　　（丸山豊記念現代詩賞受賞）

現住所　〒830-0051福岡県久留米市南2-6-32

長編詩　血《ち》ん穴《あな》

二〇〇六年一二月一日初版発行
二〇〇九年三月三十日新装版発行

著者　古賀《こが》忠昭《ただあき》

発行者　小野静男
発行所　弦書房
〒810-0041
福岡市中央区大名二-二-四三-三〇一
電話　〇九二-七二六-九八八五
FAX　〇九二-七二六-九八八六

印刷　大村印刷株式会社
製本　日宝綜合製本株式会社

© Koga Motoko 2009

ISBN978-4-86329-015-0 C0092

落丁・乱丁の本はお取り替えします

有明海の記憶

池上康稔

有明、母なる海よ——。昭和30年～40年代の有明海沿岸の風物とそこに暮らす人々が織りなす懐かしい風景を、１８０点のモノクロ写真でたどる。松永伍一氏の序文「有明海讃歌」収録。

【菊判・１４４頁】２１００円（税込）